Clarissa Hagenmeyer

Happy Kids

Mit einfachen Handabdrücken zu fröhlichen Motiven

mvgverlag

Vorwort

Liebe Künstlerin, lieber Künstler,

hast du dir deine Hände schon einmal ganz genau angesehen?

Da stecken sooo viele Bilder drin: große Dinos, dicke Elefanten, bunte Blumen, kleine Hasen, lustige Schmetterlinge – und ganz vieles mehr!

Was du aus dem einfachen Umriss deiner Hand alles zaubern kannst, entdecken wir gemeinsam in diesem Buch!

Jede Anleitung in diesem Buch ist so aufgebaut, dass sie mit der einfachen Form deiner Hand beginnt. So findest du einen ganz leichten Einstieg ins Malen und kannst aus deiner Hand ganz viele unterschiedliche Bilder entstehen lassen.

Wir malen nach der ***Happy Painting!***-Methode und kombinieren Farben und Stifte nach Lust und Laune so, dass kunterbunte, fröhliche Bilder entstehen!

Und das Tolle:

Es gibt keine Regeln!

Es gibt kein Richtig oder Falsch!

Du bist schon jetzt eine echte Künstlerin oder ein echter Künstler – und wir sorgen mit diesem Buch dafür, dass du beim Malen einfach richtig viel Spaß hast – und zwar genau so, wie es dir gefällt!

Du kannst also mit deinen Lieblingsfarben die buntesten Bilder und die verrücktesten Tiere und Wesen malen. Und es ist selbstverständlich auch total erlaubt, dass du von meinen Ideen in diesem Buch abweichst und plötzlich bei dir etwas ganz anders aussieht als bei mir.

Jeder Mensch ist einzigartig – auch du! Und so ist es ganz normal, dass wir auch ganz unterschiedliche Bilder malen. Keines ist besser oder schlechter als das andere – es ist einfach nur einzigartig und besonders!

Hab also einfach ganz viel Freude mit diesem Buch!

ALLES LIEBE ZU DIR UND GANZ VIELE
FRÖHLICHE MALERFAHRUNGEN WÜNSCHT DIR

DEINE CLARISSA

PS: Falls du mit deinen Eltern, Großeltern, Tanten oder Onkeln, mit deinen Lehrern oder anderen Erwachsenen dieses Buch in die Hände nimmst: Du darfst dich freuen! Denn Regeln gibt es im ***Happy Kids***-Buch wie versprochen nicht für dich – jedoch für die Großen! Die kommen gleich auf der nächsten Seite.

Happy-Kids-Regeln für Erwachsene

Liebe Erwachsene,

die ihr dieses Buch mit Kindern lest, hier kommen ein paar liebevolle Regeln – eigentlich mehr eine Einladung als ein Regelwerk. Denn was ich mir wünsche, ist, dass dieses Buch dazu beitragen kann, dass Kinder ihre Kreativität so frei entfalten können, wie sie sie auf diese Welt mitgebracht haben.

Lasst uns ein Beitrag sein, um die Freude, die im Malen steckt, zu zelebrieren.

Lasst uns das Malen als eine Möglichkeit genießen, unsere Einzigartigkeit zu feiern und uns mit allem zu zeigen, was wir im Herzen sind.

Viele von uns Erwachsenen haben im Laufe ihres Lebens verlernt, wie leicht und frei ein künstlerischer Ausdruck, ein ganz eigenes Bild sein darf. Wir müssen es uns mühsam wieder erarbeiten, nicht zu bewerten, zu vergleichen, uns selbst nach einigen ersten Pinselstrichen schon zu be- und verurteilen. Wir legen oft die Latte der Erwartung hoch, wenn wir malen – und sind schnell unzufrieden, wenn uns etwas nicht so gelingt, wie es unser Kopf uns vorschreiben möchte.

Was für eine Freude und Lebendigkeit erfahren wir jedoch, wenn wir uns die freie Kreativität zurückerobern: mit allem, was wir mitbringen und worauf wir gerade Lust haben!

In ***Happy Painting!*** und diesem Buch liegt die Chance, den Kindern unserer Zeit diesen Schatz zu bewahren oder wieder zugänglich zu machen, wo vielleicht erste wertende Erfahrungen schon Grenzen gezogen haben.

Und genau dafür sind die nachfolgenden »Regeln« als Einladung zu sehen:

1. Bewerte das Bild deines Kindes nicht.

Es ist genau richtig so, wie es entsteht. Zeige aufrichtiges Interesse an dem, was gemalt wird. Staunt gemeinsam über Farben, Formen, lustige Gesichtsausdrücke und schiefe Füße. Habt Spaß, in den Bildern immer wieder Neues zu entdecken! Zwischen »falsch« und »richtig«, »schön« und »verbesserungswürdig« liegt ein ganzer Regenbogen an Farben, die wir miteinander feiern können!

2. Lass zu, dass völlig andere Dinge herauskommen, als dieses Buch vorgibt.

Es ist absolut okay, wenn im Buch ein Elefant angeleitet wird und dein Kind ein Flughörnchen malt. Genau darum darf es gehen: dass die Kreativität sich ihren Weg vielleicht noch zaghaft mit einer Vorlage, einer Orientierung anbahnt und sich dann immer freier auf eigenen Pfaden bewegt.

3. Ermutige dein Kind, wenn es mal schwierig wird.

Jede Künstlerin und jeder Künstler kennt sie: die Phasen während des Malens, in denen man sein Bild am liebsten in die Ecke werfen würde. Frustmomente während des Malens sind ganz normal. Oft stellen sie eine Art Weggabelung dar: Wir lassen mehr und mehr Erwartungen los und geben uns dem Flow hin. Der Kopf ist verunsichert, das Herz ruft: »Unbedingt weitermalen!«

Bestärke dein Kind darin, mutig weiterzumalen. Das Bild ist erst fertig, wenn es gefällt, und bis dahin ist noch alles möglich.

Wertvoll finde ich, den Frust da sein zu lassen: Es geht nicht darum, ihn herunterzuspielen (»Ach, das Bild sieht doch schön aus!«), sondern Mitgefühl zu zeigen und wieder in die Leichtigkeit zu kommen. Dabei helfen oft auch Fragen: »Ich verstehe, dass du gerade verärgert bist. Was könnte dir jetzt richtig Spaß machen, wenn du weitermalst?«

Humor ist oft der Schlüssel:

Macht Quatsch miteinander.

Entdeckt gemeinsam in Farbklecksen kleine Wesen.

Erfindet Geschichten zu dem, was auf dem Blatt entsteht.

Habt Spaß!

Der Spaß bringt die Leichtigkeit mit sich, die es umso einfacher macht, wieder anzuknüpfen und weiterzumalen.

4. Malt gemeinsam!

Was könnte schöner sein, als etwas zu malen? Richtig: Gemeinsam etwas zu malen!

Zusammen kreativ zu werden, macht so viel Freude, motiviert, bestärkt und lässt uns Erwachsene zu echten Vorbildern werden. Vor allem dann, wenn dein Kind feststellen darf, dass auch du nicht alles »perfekt« machst – beziehungsweise auch ganz bewusst gar nicht alles perfekt machen willst!

Malzeit ist eine ganz wunderbare, kraftvolle Qualitätszeit, die ihr miteinander genießen könnt!

Und wenn du selbst vielleicht auch schon lange nicht mehr zum Pinsel gegriffen hast: Entdecke es neu für dich! Dieses Buch ist auch für Erwachsene eine Einladung, das innere Kind wieder ans Malen zu erinnern – und richtig viel Spaß dabei zu haben!

***

Danke, dass du diese Regeln beherzigst – und dass du mit diesem Buch einen Weg aufzeigst, das Malen ganz selbstverständlich, frei und fröhlich in ein Kinderleben zu integrieren. Das ist ein Geschenk fürs Leben!

Natürlich lade ich dich von Herzen gerne auch ein, selbst kreativ zu werden: Auf www.happypainting.club findest du viele bunte Anregungen, um selbst wieder den Pinsel zu schwingen. Weitere ***Happy Painting!***-Bücher für Erwachsene stelle ich am Ende dieses Buches vor.

Nun lasst uns aber loslegen! So viele Bilder warten schon darauf, gemalt zu werden!

Material-
empfehlungen

Du kannst mit allen Farben und Materialien malen, auf die du Lust hast. Hier zeige ich dir, womit ich in diesem Buch male und was ich dir von Herzen gerne empfehle.

AQUARELLPAPIER

Dein Aquarellpapier sollte so groß sein, dass ein oder auch mal zwei Hände Platz haben
Nimm gerne dickeres Papier: 250 g oder 300 g starkes Papier ist großartig.
Ein Block ist praktischer als einzelne Papierbogen: So verrutscht nichts!

AQUARELL- ODER WASSERFARBEN

Du kannst mit Aquarellfarben oder Wasserfarben (die heißen auch Deckfarben) malen
Du kannst mit einem kleinen Farbkasten beginnen: Die Farben lassen sich beliebig untereinander mischen.

AQUARELLPINSEL

Ein bis zwei gute Aquarellpinsel sind perfekt für deinen Start. Ich benutze Rundpinsel in den Größen 4, 6 und 8.

FINELINER

Die Fineliner sind meine Zauberstifte!
Mein weißer Lieblingsstift ist der Tintenstift Uni-ball Signo Pen UM-153.
Als schwarzen Stift empfehle ich dir ein wasserfestes Modell. So kannst du jederzeit noch mal mit Farben über die Striche malen, ohne dass etwas verwischt.

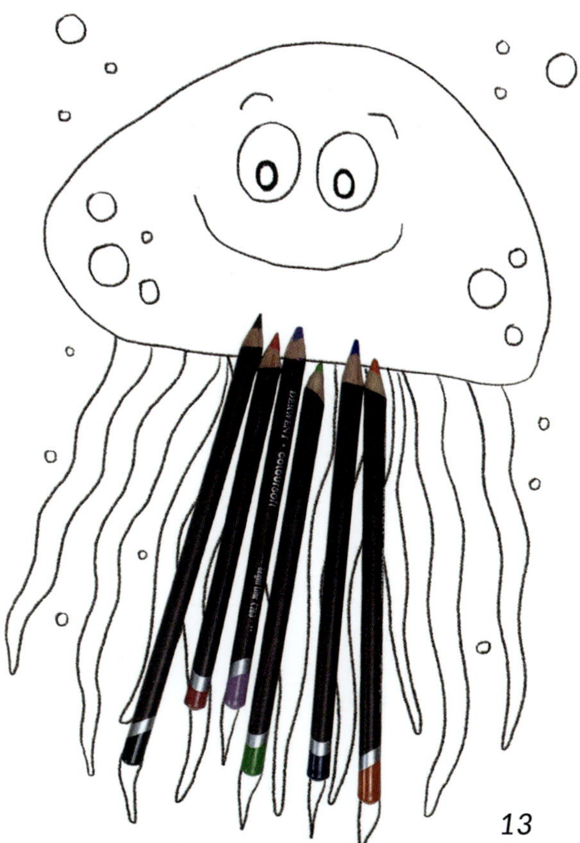

FARBSTIFTE

Ein paar bunte Farbstifte machen unseren Malspaß perfekt!

... UND WAS NOCH?

Halte Bleistift und Radiergummi zum Vorzeichnen bereit.
Für das Malen mit den Aquarell- oder Deckfarben brauchst du einen Wasserbecher und am besten ein kleines Tuch, um den Pinsel zwischendurch abzustreifen.
Etwas Küchenpapier ist gut, wenn mal etwas Farbe daneben oder versehentlich auf dein Bild tropft.

Du möchtest noch mehr über meine Lieblingsmaterialien erfahren? Auf www.happypainting.club/happy-kids findest du viele weitere Infos zum Buch, darunter auch meine ganz persönlichen Materialtipps.

Liegt alles bereit?
Dann nichts wie ran an Papier und Farben!
Ich freue mich riesig darauf, jetzt mit dir zu malen!
Im nächsten Kapitel zeige ich dir, wie die Bilder in diesem Buch aufgebaut sind.
Meine Malmethode ***Happy Painting!*** wird dir wunderbar leichtfallen!
Wir starten mit einer einfachen, bunten Hand – ganz leicht und mit viel Spaß!

Unser fröhlicher Start

Wir malen eine bunte Hand – ganz leicht!

In diesem Kapitel zeige ich dir meine ***Happy-Painting!***-Malmethode.

Sie besteht immer aus vier Schritten:

- Aquarellfarben oder Wasserfarben
- Fineliner
- Farbstifte
- Alles mischen!

Damit du im Buch immer genau siehst, was gerade dran ist, erkennst du die einzelnen Schritte an den kleinen Symbolen:

Aquarellfarben oder Wasserfarben

Farbstifte

Fineliner

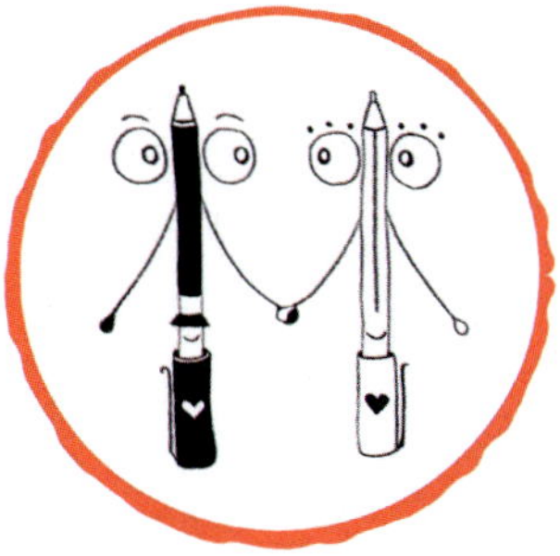

Alles mischen!

Du kannst jedes Bild so gestalten, egal ob Hund, Drache oder Fee.

Jedes Motiv in diesem Buch beginnt außerdem mit einer ganz leichten Vorzeichnung: Wir nehmen uns immer deine Hand als Schablone und zaubern daraus die fröhlichsten Bilder!

Lass uns mit einem einfachen Hand-Bild beginnen:

So lernst du ***Happy Painting!*** ganz einfach kennen und kannst die nachfolgenden Motive locker-leicht auf dieselbe Weise malen.

DIE VORZEICHNUNG

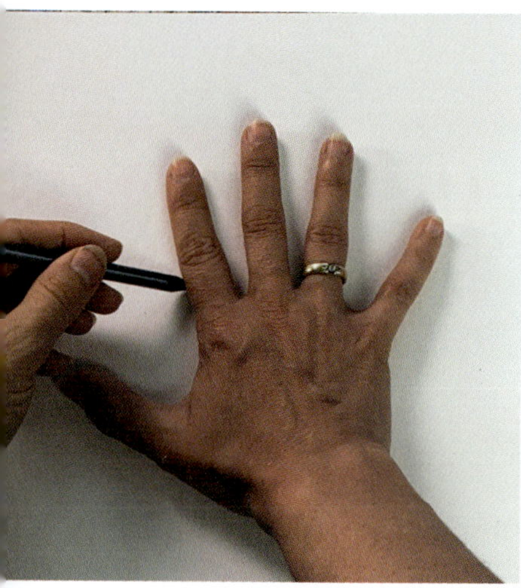

Lege deine Hand aufs Papier, sodass zwischen den Fingern etwas Abstand ist.

Nimm einen Bleistift und fahre die Umrisse deiner Hand nach.

Wenn du fertig bist, nimm die Hand weg und ergänze die Zeichnung unten mit einem Bleistiftstrich, um die Hand zu schließen:

Schon ist unsere Vorzeichnung fertig!

Das ging ganz leicht, oder?

Und schon geht es an die Farben!

SCHRITT 1: AQUARELLFARBEN ODER WASSERFARBEN

Welche Farbe ist heute deine Lieblingsfarbe? Mit genau der beginnst du jetzt.

Starte irgendwo auf deiner Hand, um sie auszumalen. Ich nehme Pink, und du?

Nimm so viele Farben, wie du magst, um deine Hand bunt anzumalen:

Meine Hand wird ganz farbenfroh mit Pink, Orange, Gelb, Beige, Rosa, Grün und Blau. Die Farben trage ich mit Wasser gemischt auf, und sie laufen wie von selbst ineinander.

Dann lassen wir alles erst mal gut trocknen.

Noch mehr Farben?

Vielleicht hast du auch Lust, noch mehr Farbe in deine Hand zu bringen?

Ich lege eine zweite Farbschicht an. Jetzt male ich nicht mehr die ganze Handfläche an, sondern male kleine Muster, Kringel, Kreise und Formen auf die ersten Farben.

Hast du auch Lust? Dann lass uns loslegen!

Schau nur, wie bunt und fröhlich unsere Hand schon aussieht:

Jetzt lassen wir alles wieder gut trocknen!

Und dann geht es weiter mit dem nächsten Schritt, nämlich mit den Finelinern!

SCHRITT 2: FINELINER

Mit dem schwarzen Fineliner geht es jetzt ganz locker an den Rändern entlang. Das Schöne daran: Die Linien müssen überhaupt nicht gerade sein! Du kannst sie krumm, schief, gekringelt, gewellt oder als Zickzack-Linien malen.

Alles ist erlaubt, was dir gerade Spaß macht.

So sieht die umkritzelte Hand jetzt bei mir aus:

Natürlich kannst du mit dem Stift auch kleine Muster in die Farben malen.

Das macht total viel Spaß, oder?

Jetzt ist der weiße Fineliner dran. Auch der darf einfach auf der Hand spielen:

Es entstehen kleine Punkte, Kringel, Kreise, Linien ... einfach so, nach Lust und Laune.

Schau nur, wie unser weißer Zauberstift die Hand verändert! Das sieht doch schon toll aus!

In die Muster ist auch ein kleines Blatt gehüpft. Findest du es?

Und jetzt geht der Spaß mit den Farbstiften weiter!

SCHRITT 3: FARBSTIFTE

Mit den Farbstiften verschönerst du dein Bild weiter. Male mit den Stiften kleine Flächen und Muster aus oder ergänze deine Hand um weitere Muster und Kringel! Du darfst alles in dein Bild malen, was dir gefällt – und natürlich auch mit jeder Farbe.

Hui, schau nur, wie bunt unsere Hand schon geworden ist!

Ich habe Blau, Rot, Lila, Beige, Gelb und Violett als Farbstifte ausgewählt. Was nimmst du?

Nun folgt der vierte und letzte Schritt: Wir bringen alles noch einmal zusammen.

SCHRITT 4: ALLES MISCHEN!

Dieser Schritt macht noch einmal richtig Spaß: Wir suchen uns alle Materialien noch einmal aus, die wir in den letzten drei Schritten verwendet haben. Aquarell- oder Wasserfarben, Fineliner und Farbstifte: Alles darf jetzt noch einmal beliebig kombiniert und gemischt werden!

Was magst du noch in dein Bild bringen?

Wähle einfach aus dem Bauch heraus aus!

Wenn dein Bild schon gut voll ist, denke daran, dass du auch außen herum noch malen kannst.

Da ist noch so viel weiße Fläche!

Ich mache das jetzt auch und male erst mit Aquarellfarben noch einige Farbkreise aufs Blatt:

Auch der schwarze Fineliner mag noch mal aufs Papier und setzt ein paar Herzchen und Kringel um die Hand herum:

Dann noch ein paar Farbstifte-Kringel ... und schon ist unsere bunte Hand fertig: dein allererstes ***Happy-Painting!***-Bild!

Ich habe noch meinen Namen mit Fineliner unter die Hand geschrieben.

Vielleicht magst du auch deinen Namen dazuschreiben?

Dann ist dein Bild auch gleich ein schönes Geschenk für jemanden aus deiner Familie oder für eine Freundin oder einen Freund: dein ganz persönlicher Handabdruck mit Unterschrift!

Ich hoffe, du hattest viel Freude mit unserem Start. Jetzt kannst du ganz leicht jedes Motiv aus diesem Buch malen: Sie alle folgen den vier Schritten, die du hier kennengelernt hast.

Mit welchem Motiv möchtest du jetzt weitermachen? Es gibt keine feste Reihenfolge. Schau einfach, was dir gerade gefällt, und lass uns losmalen!

Ich freue mich auf deine Bilder!

Kunterbunte Motivanleitungen

DER FRÖHLICHE DINO BUBBELWUMS

Aus deiner Hand im Handumdreh'n
mag ein Dino bunt entsteh'n.
Ein großes Tier mit Drachenzacken,
blauen Beinen, gelbem Nacken.
Ein Lächeln ziert stets sein Gesicht.
Brummig sein, das mag er nicht.
Bubbelwums, der liebt das Singen,
Tanzen und das Wiesenspringen.
Und wenn er springt, dann bebt die Erde,
wie bei einer Nashornherde.
Darf er ein starker Freund dir sein?
Du bist mit ihm nie allein!

Malen wir den fröhlichen Dino Bubbelwums zusammen? Dann lass uns gleich loslegen!

DIE VORZEICHNUNG

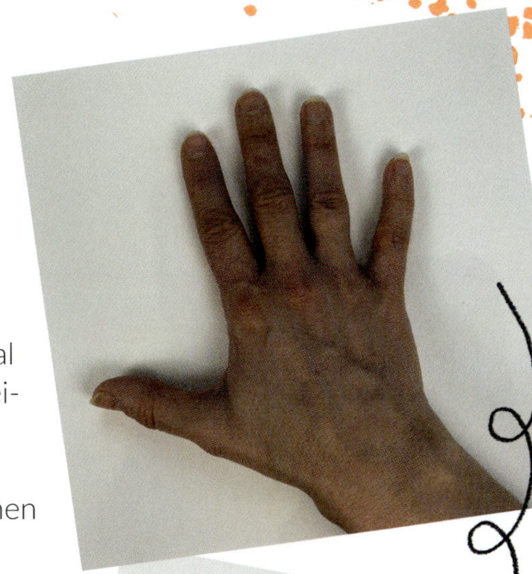

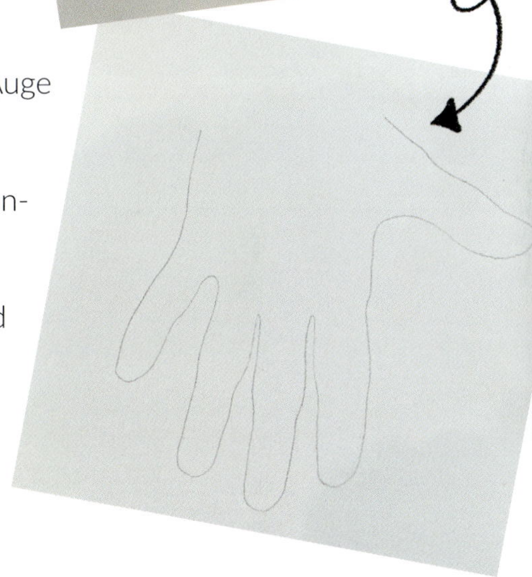

Lege deine Hand aufs Papier und nimm die Finger leicht auseinander.

Fahre mit dem Bleistift um die ganze Hand herum.

Wenn du fertig bist, drehe dein Bild einmal herum, sodass die Finger nach unten zeigen.

Jetzt verwandeln wir mit wenigen Strichen die Hand in den Dino.

Aus deinem Daumen wird ein Kopf mit Auge und Mund.

Ans andere Ende malst du einfach einen langen Dino-Schwanz.

Ein paar Zacken noch auf den Rücken – und schwupps: Fertig ist die Vorzeichnung!

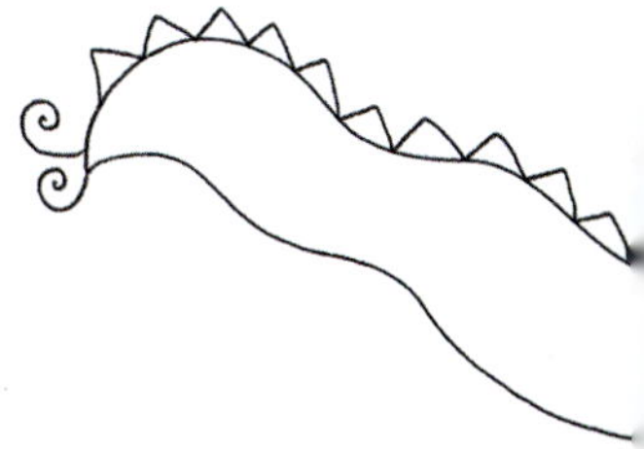

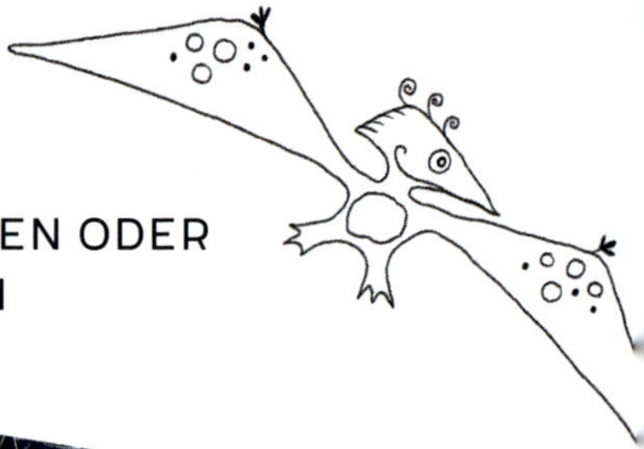

SCHRITT 1: AQUARELLFARBEN ODER WASSERFARBEN

Jetzt darf der Dino farbig werden. Ich male erst einmal alles bunt an.

Die Farben sind stark mit Wasser verdünnt, sodass eine zarte erste Farbschicht entsteht. Sie dürfen einfach ineinanderlaufen:

Jetzt alles erst einmal gut trocknen lassen!

Dann ist noch einmal Farbe angesagt: Kleine Kringel und Kreise dürfen auf den Dino hüpfen. Ich habe Lust auf Grün, Blau, Türkis, Pink und Gelb. Welche Farben nimmst du?

Und jetzt noch einmal gut trocknen lassen!

Dann tauschen wir die Aquarellfarben gegen die Fineliner Stifte.

SCHRITT 2: FINELINER

Da ist auch schon der schwarze Stift: Gut gelaunt tanzt er über das Blatt und fährt die Umrisse von Bubbelwums nach. Das geht ganz leicht. Es darf auch krumm und schief werden!

Auge und Mund zuerst: Hallo, lieber Dino! Jetzt sehe ich dich.

Dann geht es an den Außenlinien mit Kringeln und Zickzack-Linien weiter:

Ein paar Punkte wandern auch in die Farben:

Sieh nur, wie fröhlich Bubbelwums jetzt schon aussieht!

Gefällt er dir? Dann lass uns mit dem weißen Stift weitermachen!

Der weiße Stift spielt mit den Farben. Kritzle einfach drauflos – das macht so viel Spaß!

Du bist fertig mit den Stiften? Dann lass uns jetzt noch die Farbstifte holen!

SCHRITT 3: FARBSTIFTE

Ein bunter Kringel um das Auge und kleine Punkte hier und da: Unser Bubbelwums wird immer bunter und fröhlicher.

Ich nehme den grünen und den roten Farbstift, und du? Du kannst ganz frei auswählen.

Fehlt noch etwas?

Lass uns noch einmal alles mischen!

SCHRITT 4: ALLES MISCHEN!

Aquarellfarben? Fineliner? Farbstifte? Worauf hast du noch einmal Lust, um deinen Dino fertig zu malen?

Ich zücke noch einmal den schwarzen Fineliner. Der mag noch ein paar Punkte um den Dino herumtanzen lassen. Auch ein paar Blümchen male ich noch in den Hintergrund.

Wie magst du dein Dino-Bild vollenden?

Male an deinem Bild weiter, solange es dir Spaß macht! Es wird ganz sicher großartig.

DER KLEINE PINGUIN WATSCHELWUTZ

Der kleine Pinguin Watschelwutz ist etwas Besonderes: Er hat nämlich lila Füße und auch ein wenig Lila in seinem Federkleid. Für einen Pinguin ist das ziemlich außergewöhnlich. Man sieht den kleinen Vogel schon von weitem, weil er so farbig leuchtet. Wenn er in einer Gruppe Pinguine steht, entdeckt man ihn auch unter Hunderten sofort.

Anfangs fand Watschelwutz das nicht so toll. Er hat sich ein bisschen geschämt, weil er nicht so aussah wie alle anderen. Aber einmal, da kam ein anderer Pinguin auf ihn zu und sagte: »Ich finde deine lilafarbenen Füße einfach wunderschön!« Da verstand Watschelwutz auf einmal, dass es gar nicht schlimm war, anders zu sein, sondern dass es sogar etwas Besonderes ist.

Heute liebt er seine Farben und läuft ganz stolz damit durch den Schnee. Jeder Pinguin ist etwas Besonderes – und jeder Mensch genauso! Jeder und jede hat etwas Einzigartiges an sich. Bei manchen erkennt man es gleich, bei anderen erst, wenn man näher hinsieht.

Was macht dich einzigartig?

Lass es uns gemeinsam feiern und einen Pinguin malen, der in den buntesten Farben leuchten darf!

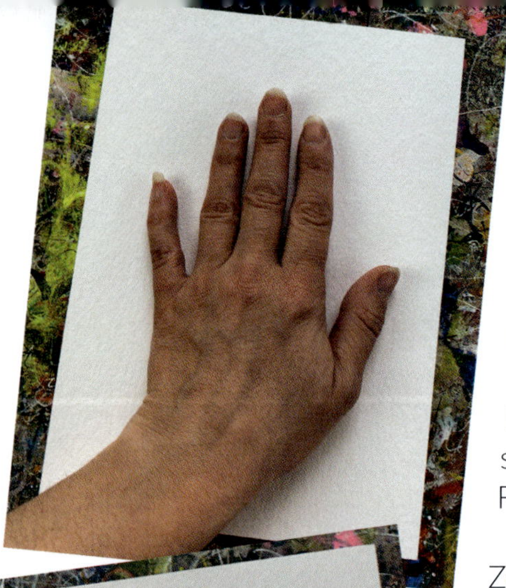

DIE VORZEICHNUNG

Lege deine Hand aufs Papier.

Die Finger können eng aneinanderliegen, spreize nur den Daumen und den kleinen Finger etwas ab.

Zeichne dann wieder mit einem Bleistift um die Hand herum:

Huch, unser Pinguin steht Kopf!

Drehe das Bild einmal herum und zeichne den Pinguin fertig:

Ein kleiner Innenkreis, Augen und Schnabel – und die Füße: Schon schaut uns ein Pinguin vom Papier entgegen.

Dann geht es mit den Farben los!

SCHRITT 1: AQUARELLFARBEN ODER WASSERFARBEN

Mit den schwarzen Rändern und Flügeln erkennt man den Pinguin sofort. Und dann kommt natürlich noch die besondere Watschelwutz-Farbe Lila ins Spiel!

Welche Farben schenkst du deinem Pinguin? Er darf ganz bunt und besonders werden.

Noch ein paar farbige Füße … und dann alles wieder gut trocknen lassen! Den inneren Bereich habe ich einfach weiß gelassen.

Dann dürfen auch gleich die Stifte wieder kritzeln!

SCHRITT 2: FINELINER

Der schwarze Fineliner umrandet Augen und Schnabel: Schon schaut uns Watschelwutz neugierig entgegen!

Dann umrandet der schwarze Stift den Pinguin locker und leicht. Dabei hüpfen auch gleich ein paar Punkte und Kringel um den Pinguin herum und in ihn hinein!

Anschließend ist der weiße Stift dran. Magst du auch mit ihm weitermalen?

Die dunklen Farben laden richtig dazu ein, den weißen Stift darin tanzen zu lassen.

Und was kommt dann, als dritter Schritt?

Genau, die Farbstifte!

SCHRITT 3: FARBSTIFTE

Watschelwutz will auch bei den Farbstiften unbedingt sein Lila haben. Schnell wandern noch ein paar Farbstifte-Punkte ins Bild – auf Watschelwutzs Bauch und um ihn herum.

Welche Farbstifte magst du nehmen? Welche Farben gefallen dir heute gut?

SCHRITT 4: ALLES MISCHEN!

Fehlt dir noch etwas auf deinem Pinguin-Bild? Dann bringe es jetzt noch einmal auf dein Papier. Aquarellfarben, Fineliner oder Farbstifte – alles darf jetzt noch einmal drankommen.

Watschelwutz findet sich schon richtig in Ordnung so, wie er ist. Deshalb ergänze ich hier ausnahmsweise nichts mehr – und der kleine Pinguin läuft fröhlich und lila leuchtend zu seinen Freunden.

DAS BUNTE BLÜMCHEN TULPANANA

Viele Blumen stehen in schönen Gärten oder auf bunten Wiesen, wo die Vögel zwitschern und die Schmetterlinge herumflattern. Sie genießen ihr Pflanzenleben in schönster Natur.

Ganz anders unser Blümchen Tulpanana: Es ist an einer viel befahrenen Straße herangewachsen. Täglich rauschen viele Autos an ihm vorbei. Die Umgebung ist laut und hektisch – und nicht grün oder bunt, sondern straßengrau.

Man könnte meinen, dass das Blümchen Tulpanana sich an seinem Platz furchtbar unwohl fühlt. Doch nein! Das Blümchen ist gar nicht unglücklich – im Gegenteil!

Es freut sich jeden Morgen auf den Sonnenaufgang und einen neuen Tag, denn Tulpanana verbreitet ganz viel Freude! Immer, wenn Autofahrer an ihr vorbeifahren, lächeln sie. Sie lieben es, das kleine Blümchen zu entdecken, das als Farbtupfer an dieser lärmigen Straße steht.

Immer, wenn Spaziergänger an ihr vorbeilaufen, freuen sie sich sehr, denn Tulpanana macht aus dem Grau in der Umgebung ein Bunt. Sie ist winzig klein – und doch macht sie jeden glücklich, der an ihr vorbeikommt. Selbst die kleinen Hunde, die täglich mit ihren Menschen hier Gassi gehen, schnuppern fröhlich an ihr und genießen ihren wunderbaren Duft, den sie verströmt.

Auch im scheinbar langweiligen Grau gibt es die schönsten Farben. Vielleicht entdeckst auch du die kleinen Schönheiten dort, wo man sie gar nicht vermutet – so wie dieses winzig kleine, liebe Blümchen, das jeden Tag aufs Neue so herrlich bunt erstrahlt.

Möchtest du es mit mir malen und wieder ein kleines bisschen mehr Freude in die Welt bringen?

Dann los! Tulpanana wartet schon voller Vorfreude auf dich.

DIE VORZEICHNUNG

Lege deine Hand geschlossen auf das Papier, die Finger alle dicht nebeneinander.

Ich habe die Hand dieses Mal ein bisschen schräg aufs Blatt gelegt und recht weit oben auf dem Papier platziert. So habe ich nachher noch etwas Platz für den Blütenstängel.

Fahre dann einfach wieder mit dem Bleistift um deine Hand herum.

Das sieht dann so aus:

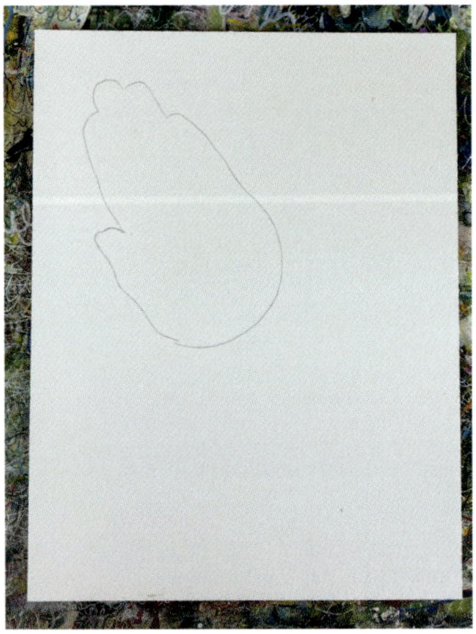

Um aus der Hand jetzt eine Blume zu zaubern, ergänzen wir noch ein paar Striche.

Die Hand ist unser Blütenkopf. Den Stängel und die Blätter fügst du einfach frei Hand an. Es darf ganz leicht gehen und natürlich auch wieder ganz anders aussehen als bei mir!

Fertig ist unsere Zeichnung!

Hast du Lust, zu den Farben zu greifen? Dann lass uns beginnen!

SCHRITT 1: AQUARELLFARBEN ODER WASSERFARBEN

Ich male zuallererst den Blütenkopf an. Wo magst du starten? Und welche Farbe möchtest du wählen?

Ich mische etwas Rosa mit Pink und Orange und lasse die Farben ineinanderfließen:

Als Nächstes sind die Blätter und der Stängel dran. Da entscheide ich mich für verschiedene Grüntöne. Welche Farben nimmst du?

Auch wenn die meisten Blumen grüne Blätter haben, darfst du sie immer in jeder Farbe malen! Du entscheidest!

So sieht die erste Farbschicht aus – unsere Tulpanana strahlt schon so schön!

Lasse wieder alle Farben gut trocknen!

Magst du noch mehr hinzufügen? Ich habe Lust auf noch mehr Farbe. Hier noch ein Farbkringel, da noch ein paar Punkte …

Dann ist wieder Trocknen angesagt!

Im nächsten Schritt dürfen dann die Fineliner aufs Papier hüpfen.

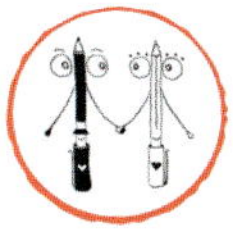

SCHRITT 2: FINELINER

Der schwarze Stift kringelt sich um unser Blümchen herum:

Und natürlich springen auch wieder einige Stifte-Kringel in die Farben:

Dann macht der schwarze Stift erst mal Pause und überlässt dem weißen Stift das Weitermalen. Machst du mit?

Sieh nur, wie der weiße Fineliner über die Farben huscht! So viele kleine Kringel und Muster entstehen. Tulpanana freut sich riesig über jeden Strich.

SCHRITT 3: FARBSTIFTE

Als Nächstes übernehmen die Farbstifte das Malen. Das macht auch wieder so viel Spaß!

Welche Farbstifte möchtest du nehmen? Ich mag heute Gelb, Grün und Lila. Damit male ich die schönen weißen Fineliner-Kringel aus und füge einige bunte Punkte hinzu.

Und jetzt? Lass uns nochmal alles mischen!

SCHRITT 4: ALLES MISCHEN!

Ich habe Lust, noch ein bisschen Aquarellfarbe um unser Blümchen herum zu verteilen. Und weil es so viel Spaß macht, nehme ich eine alte Zahnbürste und spritze damit ein bisschen Farbe wild aufs Papier.

Auch den Pinsel tauche ich dann noch in Farbe und klopfe mit dem Finger einfach auf den Pinselstiel. So tropft die Farbe in kleinen Klecksen aufs Bild.

Das ist so lustig! Möchtest du mitmachen?

Oder möchtest du dein Bild anders weitermalen?

Du kannst Farben, Stifte und Farbstifte nach Herzenslust noch einmal mischen und dein Bild ganz so fertig malen, wie du magst.

So schön kann Klecksen sein!

Blümchen Tulpanana ist jetzt fertig!

Sie freut sich sehr über all die Farben.

Ich bin sicher, auch deine Blume macht jedem, der sie sieht, richtig gute Laune!

DER FARBENFROHE SCHMETTERLING WAWALISA

Bevor Wawalisa sich in einen Schmetterling verwandelte, lebte er als kleine, grüne Raupe. Sie war es gewohnt, über Wiesen und Wege zu kriechen – aber fliegen, das kannte Wawalisa nicht.

Als er dann zum Schmetterling wurde, machte ihm das Fliegen erst einmal große Angst. Er konnte sich gar nicht vorstellen, wie es wohl sein konnte, einfach die Flügel auszubreiten und loszufliegen. Allein der Gedanke daran, hoch über dem Erdboden zu fliegen, ließ seine Fühler zittern und sein winziges Schmetterlingsherz stark pochen.

Eines Tages traf Wawalisa auf einen kleinen Vogel und erzählte ihm von seiner Angst, zu fliegen.

Da sagte der Vogel: »Ich verstehe gut, was du meinst, lieber Schmetterling. Auch ich hatte Angst vor dem Fliegen, als ich noch

als kleiner Vogel in meinem Nest saß. Aber weißt du was? Meine Geschwister haben mir immer davon erzählt, wie wunderschön es ist, hoch oben in den Lüften zu fliegen und auf die Welt herunterzuschauen. Du kannst Flüsse und Seen überqueren, ohne dass du schwimmen können musst. Du entdeckst von oben die schönsten Blumen und die saftigsten Sommerwiesen, und selbst die Menschen sind lustig klein wie Ameisen!«

Wawalisa staunte und spürte plötzlich eine große Sehnsucht danach, sich die Welt von oben anzuschauen. Was musste das für eine Freiheit sein!

Am nächsten Morgen, gleich bei Sonnenaufgang, krabbelte Wawalisa auf einen kleinen Ast. Er breitete die Flügel aus und fing an zu flattern. Und als hätte er nie etwas anderes getan, flog er los. Ganz leicht erhob er sich, immer höher und höher. Sein Lächeln wurde breiter und breiter.

Wawalisa, der bunte Schmetterling, flog voller Freude und schaute sich die Welt von oben an. Er flog über Flüsse und Seen, zu den schönsten Blumen und saftigsten Sommerwiesen. Und die Menschen waren lustig klein wie Ameisen.

Möchest du auch einen kleinen Schmetterling malen? Dann lass uns gleich beginnen!

DIE VORZEICHNUNG

Für unseren bunten Schmetterling brauchst du dieses Mal beide Hände für die Vorzeichnung!

Lege zunächst eine Hand auf die eine Seite des Papiers und umfahre sie mit einem Bleistift. Lasse zwischen den Fingern etwas Platz.

Dann lege die andere Hand aufs Papier und umfahre sie ebenso mit dem Bleistift.

Jede Hand wird zu einem Schmetterlingsflüge, und die beiden Daumen werden zum Köpfchen.

Die vier Finger, die auf jeder Seite zu einem Flügel werden, verbinde ich mit kleinen schwungvollen Linien:

Dann male ich noch den kleinen Körper zwischen die Flügel und gebe Wawalisa ein Gesicht und kleine Fühler.

Fertig ist unsere Zeichnung! Das ging wieder ganz einfach, oder?

Los geht es nun mit unseren Aquarell- oder Wasserfarben.

SCHRITT 1: AQUARELLFARBEN ODER WASSERFARBEN

Wo magst du mit den Farben beginnen? Suche dir deine Lieblingsstelle aus! Ich beginne mit dem kleinen Körper in der Mitte:

Anschließend sind die Flügel dran! Erst einmal male ich alles farbig an. Dann hüpfen auch schon die ersten Punkte aufs Papier:

Jetzt lasse ich alles wieder trocknen.

Und dann? Noch mehr Farbe! Noch mehr Punkte! Worauf hast du Lust? Male einfach drauflos!

Lasse alle Farben wieder gut trocknen, bevor es dann an die Fineliner geht!

SCHRITT 2: FINELINER

Der schwarze Stift tanzt um Wawalisa herum, umkreist die Flügel und gibt ihm ein fröhliches Gesicht!

Schau nur, wie er jetzt lächelt!

Dann darf auch der weiße Stift über das Papier springen. Vor allem auf den Flügeln gibt es so viel Platz zum Spielen.

Ist da noch Platz für Farbstifte? Aber klar! Lass uns gleich weitermalen!

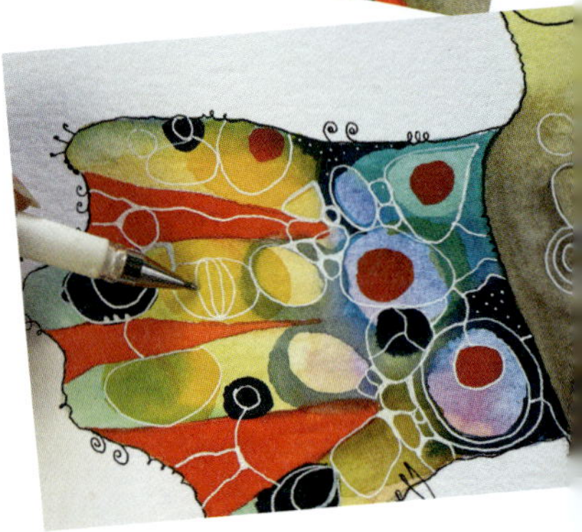

SCHRITT 3: FARBSTIFTE

Hier noch ein Pünktchen, dort noch ein Kreis, ein Strich, ein kleines Muster: Die Farbstifte lassen Wawalisa noch einmal richtig strahlen!

Ich nehme Stifte in Grün, Gelb und Rot. Was wählst du?

SCHRITT 4: ALLES MISCHEN!

Jetzt lass uns schauen, was noch in dein Bild darf!
Du darfst fröhlich alles mischen.

Mir hat Wawalisa geflüstert, dass er noch ein paar schwarze Stifte-Punkte um sich herumfliegen lassen möchte. Auch mit den Farbstiften dürfen noch ein paar Punkte rund um den kleinen Schmetterling tanzen.

Wie magst du dein Bild fertig malen, damit dein Schmetterling mutig losfliegen kann?

Viel Freude beim Malen!

DER NEUGIERIGE HASE HOPPELHIPS

Hoppelhips, der kleine Hase
sitzt vergnügt im grünen Grase.
Alles will der Hase seh'n:
Blumen, Bäume, Vögel, Seen.
Nichts entgeht dem wachen Blick;
er schaut nach vorn, links, rechts, zurück.
Den ganzen Tag sitzt er ganz still,
weil er alles sehen will,
kennt Amseln und das Dromedar,
den flinken Fuchs, den kleinen Star.
Von allen kann er dir berichten,
weiß die schönsten Tiergeschichten.
Sag dem Hasen doch Hallo
und mal ihn auch! Er freut sich so!

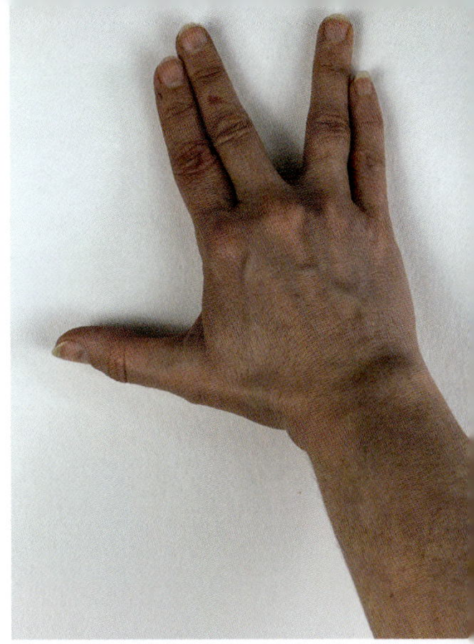

Magst du mit mir den kleinen Hasen Hoppelhips malen?

DIE VORZEICHNUNG

Für die Vorzeichnung legst du deine Hand so aufs Papier:

Den Daumen brauchst du dieses Mal mit dem Bleistift nicht mit zu umranden.

Fahre mit dem Stift nur um deine Hand mit den vier Fingern herum.

Das sieht dann ungefähr so aus:

Jetzt setzen wir einen Kreis unten als Hasen-Körper an. Und dann darfst du Hoppelhips natürlich noch Augen, Nase, Mund und Füßchen malen.

Kuckuck, hier ist er schon!

Das Häschen ist bereit für Farben.

SCHRITT 1: AQUARELLFARBEN ODER WASSERFARBEN

Jetzt geht es fröhlich ans Ausmalen!

Welche Farben möchtest du für deinen Hasen verwenden? Suche wieder nach Lust und Laune aus!

Ich nehme Gelb, Rot und ein bisschen Orange und mische alles durcheinander.

Lasse dann die ersten Farben wieder gut trocknen!

Magst du weitere Farben ins Spiel bringen? Dann los!

Ich nehme nochmal Gelb, Rot und ein bisschen Braun, dieses Mal etwas kräftiger. Dann wird fröhlich mit Kringeln und Kreisen gespielt! Mach gerne mit!

Und wieder darf das Bild ein wenig trocknen. Dann sind die Fineliner dran.

SCHRITT 2: FINELINER

Lustig leicht geht es mit dem schwarzen Stift um die Hasen-Ränder. Ein paar Punkte hüpfen einfach darüber hinaus. Auch das Hoppelhips-Gesicht wird mit dem Fineliner richtig sichtbar.

Magst du auch ein paar Schnurrhaare dazu malen?

Fröhlich kritzle ich auch mit dem weißen Stift über die Farben. Das macht so viel Spaß! Lass uns gemeinsam kleine Muster und Striche malen!

Schon sieht Hoppelhips ausgesprochen nett aus.

Wie wäre es jetzt noch mit ein paar Farbstiften? Los geht's!

SCHRITT 3: FARBSTIFTE

Rote Kringel um die Augen, kleine gelbe und grüne Punkte … Die Farbstifte tanzen wild über das Papier und machen Hoppelhips richtig gute Laune!

Rot, Grün, Blau, Gelb – fertig ist das Häschen!

Wenn du Lust hast, kannst du in einem vierten Schritt noch einmal alles verwenden, was dir in den Sinn kommt: Wasserfarben, Fineliner oder Buntstifte – oder alles zusammen. Mein Häschen gefällt mir schon so, wie es ist, deswegen lasse ich den vierten Schritt hier aus.

Ich bin gespannt, welche Geschichten dir der neugierige Hoppelhips erzählt!

DER VERTRÄUMTE PFAU FEDERFRITZI

Der Pfau Federfritzi sieht nicht nur wunderschön aus, er hat auch eine ganz besondere Gabe: Er kann sich überall hinträumen. Wenn Federfritzi sich etwas vorstellt, fühlt es sich für ihn an, als wäre es echt. Das macht ihm das Leben ganz leicht.

Wenn es regnet, träumt Federfritzi von der warmen Sonne. Er fühlt die Sonennstrahlen auf seinen Federn und sieht das schöne Sonnenlicht vor sich.

Wenn alle weichen Schlafplätze von seinen Freunden belegt sind und Federfritzi nur der harte Boden übrig bleibt, träumt er von einem herrlich dicken Kissen. Er fühlt den weichen Stoff unter seinem Körper und stellt sich vor, wie es ist, sich da hineinzukuscheln.

Wenn Federfritzi sich zu Hause langweilt, träumt er einfach vom Meer. Er stellt sich vor, wie er am warmen Sandstrand sitzt, die Möwen über ihm kreischen und er die Wellen rauschen hört.

Wann immer Federfritzi sich ärgert, er traurig ist oder sich langweilt, stellt er sich einfach etwas Wunderschönes vor. Dann kannst du sehen, wie ein Lächeln über seinen Schnabel huscht und seine schönen Pfauenfedern beginnen, in den schönsten Farben zu strahlen.

Was stellst du dir vor, wenn du mal traurig oder wütend bist? Bestimmt kannst du das auch, wie Federfritzi!

Magst du ihn mit mir malen? Er wird dich immer daran erinnern, dir die schönsten Dinge ins Leben zu träumen!

DIE VORZEICHNUNG

Die Vorzeichnung geht wieder ganz leicht: Lege deine Hand aufs Papier. Am besten mit den Fingern ein bisschen schräg nach oben.

Nimm die Finger wieder leicht auseinander. Fahre dann mit dem Bleistift um deine Hand:

Jetzt verzaubern wir die Hand wieder – schwuppdiwupp – in ein Tier!

Für den Pfau malen wir einen langen Hals mit einem Kopf an die Hand und ergänzen sie unten um zwei Beine. Das sieht dann etwa so aus:

Nun können wir auch schon mit den Farben starten.

SCHRITT 1: AQUARELL-FARBEN ODER WASSERFARBEN

Ich beginne dieses Mal mit Blau – und du? Nimm die Farbe, auf die du richtig Lust hast!

Zum Blau mischen sich bei mir dann noch Gelb, Grün und Türkis, bis der ganze Pfau bunt ist!

Lasse wieder alles gut trocknen!

Weiter geht es jetzt mit den schönen Pfau-enfedern. Malst du mit?

Ich male dunkelblaue Kreise auf die Finger: Sie werden zu den Federn von Federfritzi.

Wenn die dunkelblauen Kreise trocken sind, lege ich weitere Kreise drumherum: erst mit Türkis, dann mit Gelb. Schau, so sieht das dann aus:

Ein paar kleine Federn auf dem Kopf ergänze ich auch gleich.

Dann darf wieder alles ...? Genau: gut trocknen!

SCHRITT 2: FINELINER

Die Fineliner freuen sich schon sehr darauf, den Pfau zu verzieren!

Los geht's mit dem schwarzen Stift. Er kritzelt wieder um die äußeren Linien herum und fährt das Auge nach.

In die Federn hüpfen wilde kleine Kringel und Spiralen:

Schau nur, wie schön unser Federfritzi schon aussieht!

Dann freut sich der weiße Stift über seinen Einsatz. Noch mehr Kringel und Kreise entstehen! Hab ganz viel Spaß dabei!

So sieht unser Federfritzi jetzt aus:

Und jetzt fehlen noch ... unsere Farbstifte!

SCHRITT 3: FARBSTIFTE

Der blaue und der rote Farbstift lassen den Pfau leuchten. Viele kleine Punkte male ich in den Pfau hinein und um ihn herum.

Und jetzt lass uns nochmal alles mischen!

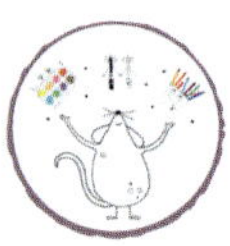

SCHRITT 4: ALLES MISCHEN!

Womit magst du noch weitermalen? Farbstifte? Fineliner? Aquarell- oder Wasserfarben? Mische so, wie du magst!

Ich entscheide mich noch einmal für den schwarzen Stift. Winzige Pünktchen male ich noch um die Farben herum. Sie sind klein, aber machen für mich das Bild perfekt!

Was magst du noch ergänzen?

Fertig ist Federfritzi – und träumt bestimmt wieder von etwas Wunderschönem!

DER FREUNDLICHE GEIER KUCKIDU

Viele Tiere machten um den Geier Kuckidu immer einen großen Bogen. Sie waren ängstlich und misstrauisch ihm gegenüber, denn mit seinem nackten Hals, seinem kahlen Kopf, den hochgezogenen Schultern und dem starren Blick sieht so ein Geier auf den ersten Blick ja auch etwas furchterregend aus.

Kuckidu war deshalb oft traurig: »Warum haben alle immer Angst vor mir?«, fragte er sich. Denn auch wenn Kuckidu für viele etwas gruselig aussah, so war er doch ein wirklich netter Kerl: jemand, der immer freundlich zu anderen war; jemand, der seine Beute bereitwillig mit Freunden teilte und dafür lieber sein eigenes Magenknurren in Kauf nahm; jemand, der im Winter jeder Maus bei Kälte unter seinen wärmenden Flügeln Unterschlupf bot.

Aber das sah man Kuckidu einfach nicht an, zumal er oft mit einem etwas grimmigen Gesicht durch die Gegend stakste.

Irgendwann begegnete ihm ein stolzer Adler, und dem klagte Kuckidu sein Leid: »Warum bewundern dich alle Wesen und sind so gerne in deiner Gegenwart? Und vor mir fürchten sie sich bloß?«

»Ach Kuckidu«, antwortete der Adler, »sieh doch nur, wie du herumläufst! Deine Schultern sind eingezogen, dein Blick ist nach unten gerichtet – und ein grimmiges Gesicht machst du obendrein! Wie wäre es mal mit einem freundlichen Lächeln?«

Kuckidu war überrascht. Darüber hatte er noch gar nie nachgedacht. Aber jetzt, wo der Adler ihm das sagte, klang es völlig einleuchtend.

Also entschied Kuckidu, das schönste Lächeln aufzusetzen, das er lächeln konnte. Er stellte sich aufrecht hin, nahm die Schultern zurück und schob die Brust ein wenig vor. Das fühlte sich richtig gut an – vor allem das breite Lächeln. Das machte ihm gleich selbst gute Laune!

Die Reaktionen ließen nicht lange auf sich warten: Viele Tiere kamen an diesem Tag zu Kuckidu und sprachen und spielten mit ihm. Niemand sah dabei ängstlich oder misstrauisch aus. Kuckidu freute sich riesig, und sein Herz machte einen fröhlichen Hüpfer.

Seit diesem Tag sieht man den freundlichen Geier ganz oft lächeln – und er ist immer von vielen Freunden umgeben.

Wem schenkst du heute dein schönstes Lächeln?

Magst du auch einen Geier mit mir malen?

Mit nacktem Hals, kahlem Kopf – aber großem, breitem Lächeln?

Dann lass uns gleich beginnen!

DIE VORZEICHNUNG

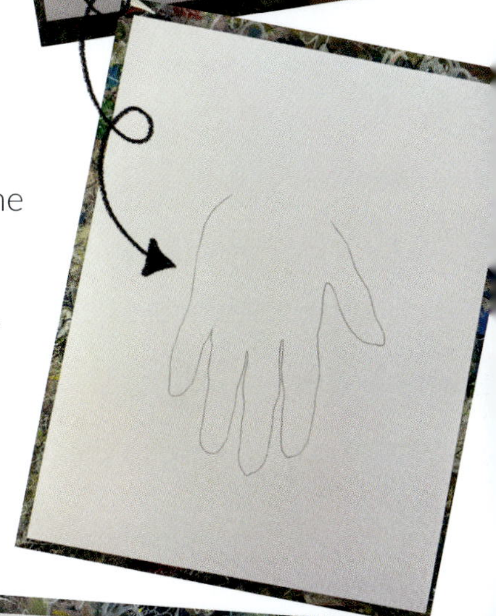

Wieder beginnen wir mit einer ganz einfachen Zeichnung deiner Hand.

Lege deine Hand aufs Papier und nimm die Finger wieder etwas auseinander. Zeichne mit dem Bleistift drumherum.

Drehe dann das Blatt einmal herum, sodass deine Hand mit den Fingerspitzen nach unten zeigt:

Jetzt setzen wir Hals und Kopf auf die Hand: Der kleine Federkragen ist so einfach zu zeichnen wie ein Blümchen oder eine kleine Wolke, und dann geht der Hals einfach nach oben wie ein kurzer Schlauch weiter.

Geier haben einen langen, spitzen Schnabel – und Kuckidu natürlich ein breites Lächeln!

Noch zwei staksige Beinchen – und der Geier ist fertig gezeichnet.

Hurra, die Farben kommen!

SCHRITT 1: AQUARELLFARBEN ODER WASSERFARBEN

Dieses Mal nehme ich nur eine Farbe, um die Hand auszumalen: ein richtig schönes dunkles Lila. Welche Farbe (oder auch mehrere) möchtest du nehmen? Worauf hast du Lust?

Hab viel Freude beim Ausmalen!

Dann dürfen natürlich auch Hals, Kopf und Beine noch farbig werden:

Ich wähle ein zartes Rosa für den Hals und Kopf, damit der Geier richtig schön nackig aussieht!

Und schon ist Kuckidu bereit für die Fineliner!

SCHRITT 2: FINELINER

Fröhlich leicht schwingt sich der schwarze Stift um unseren Geier.

Aus den zarten Bleistiftlinien werden kräftige Wellenlinien, Kringel, ein wachsames Auge – und ein freundliches, starkes Lächeln!

Einige schwarze Punkte tanzen nun um Kuckidu herum und hüpfen auf seinen nackten Hals.

Nun sieht er doch schon richtig freundlich aus, oder?

Dann darf sich auch der weiße Stift noch über das Federkleid kringeln:

Das wirkt so fröhlich, nicht wahr?

Nun ist es Zeit für ein paar Farbstifte!

SCHRITT 3: FARBSTIFTE

Mit den Farbstiften wandern kleine und große Kringel und Punkte in die Farben und um Kuckidu herum. Ich nehme Lila und Beige – und du?

Und dann strahlt er auch schon mit der Sonne um die Wette: Kuckidu, der freundliche Geier!

Wenn du magst, kannst du natürlich jetzt noch einmal in Schritt 4 alles mischen.

Für mich war der kleine Geier jetzt schon schön genug!

DIE LUSTIGE QUALLE GLIBBERLI

Die lust'ge Qualle Glibberli
schwamm gern am Strand von Rimini.
Sie pirschte sich an Schwimmer ran
und tippte Arm und Beine an.
Sie kitzelte an Hals und Bauch,
und glibberte in Haaren auch.
Wenn die Schwimmer sie entdeckten
und sich dann stets sehr erschreckten,
fand Glibberli das grandios
und prustete vor Lachen los.
Das Scherzen fand sie wunderbar,
bis eines Tages was geschah:
Es kam ein kleiner Fisch vorbei
und hatte auch 'nen Scherz dabei.
Er schaffte es, sich zu verstecken
und unsre Qualle zu erschrecken!
»Buh!«, rief der Fisch und lachte,
als Glibberli nur dachte:
»Das war echt fies und auch gemein!
So will ich niemals wieder sein!«
Wenn sie nun durch das Wasser treibt,
sie weit weg von Schwimmern bleibt.
Sie hat genug vom Fies-Erschrecken,
vom Schleichen, Kitzeln und Verstecken.
Viel lieber schwimmt sie bei der Hitze
und erzählt den Fischen Witze.

Möchtest du auch so eine lustige, Witze erzählende Qualle malen?

Lass uns gleich loslegen!

DIE VORZEICHNUNG

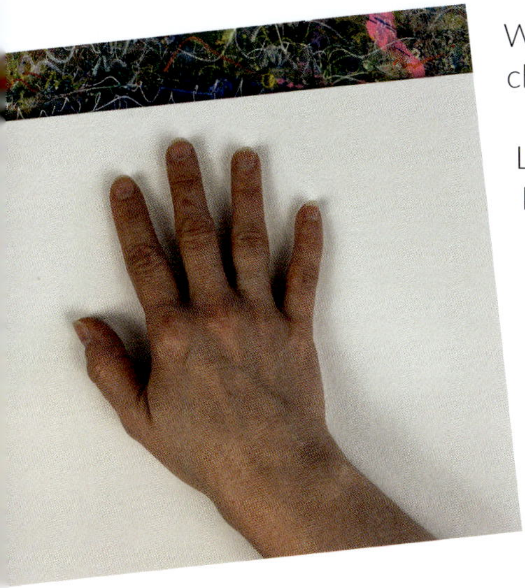

Wir beginnen wieder mit unserer einfachen Hand-Zeichnung!

Lege deine Hand ganz entspannt aufs Papier und fahre mit dem Bleistift herum.

Die Finger dürfen wieder ein bisschen auseinander liegen.

Das sieht dann so aus:

Wir drehen unser Hand-Bild jetzt wieder, sodass die Fingerspitzen nach unten zeigen. Dann können wir unsere lustige Qualle daraus zeichnen. Das geht ganz leicht: Du setzt einfach den Kopf als frei gemalten Halbkreis über die Hand.

Der Kopf kann sich mit der Hand überschneiden, sodass die beiden Teile leicht übereinanderliegen.

Zeichne dann einfach noch Augen und Mund ein: Fertig!

Die kleine Qualle kann man schon richtig gut erkennen, oder?

Dann lass uns gleich zu den Farben greifen!

SCHRITT 1: AQUA-RELLFARBEN ODER WASSERFARBEN

Lass uns jetzt die Qualle mit Farben ausmalen! Ich male zuerst die Hand, also den kleinen Körper der Qualle mit ihren Ärmchen an. (Wie das mit dem Kopf geht, zeige ich dir gleich danach.)

Ich habe Lust auf Türkis, Blau und Grün. Welche Farben möchtest du deiner Qualle geben?

Noch ein bisschen mehr Farbe gewünscht? Bitte schön!

Schon ist die ganze Hand bunt und voller lustiger Muster!

Lasse die Farben jetzt erst einmal wieder gut trocknen.

Dann geht es an den Kopf: Dafür nehme ich die Farbe ganz leicht auf, mit viel Wasser vermischt. So wirkt der Quallenkopf schön durchsichtig, und man sieht den Körper darunter durchschimmern.

Ich male den ganzen Kopf bis auf die Augen mit der wässrigen Farbe aus. Das geht wieder ganz leicht, oder?

Schau mal, wie Glibberli jetzt aussieht:

Jetzt müssen die Farben wieder trocknen.

Anschließend können wir voller Freude zu den Stiften greifen!

SCHRITT 2: FINELINER

Mit dem schwarzen Fineliner bekommt Glibberli richtig schöne Augen und ihr besonderes Lächeln:

Dann darf der Stift natürlich auch noch an den Außenlinien herumkritzeln:

Es macht so viel Spaß, Glibberli auch mit kleinen schwarzen Punkten und Kringeln zu verzieren!

Dann darf der weiße Fineliner weitermalen. Hast du auch Lust, in Weiß weiterzukringeln?

Was für schöne Muster unsere Qualle doch jetzt hat! Sie sieht schon fast fertig aus.

Aber nein! Die Farbstifte warten ja auch noch auf ihren Einsatz.

Lass uns gleich weitermachen!

SCHRITT 3: FARBSTIFTE

Da sind sie auch schon, unsere Farbstifte!

Mit Blau, Hellblau und Rot wandern einige fröhliche Verzierungen auf die kleine Qualle.

Was magst du mit den Farbstiften noch ergänzen?

Hab weiter ganz viel Spaß daran, deine Ideen ins Bild zu bringen!

Jetzt mischen wir noch mal nach Lust und Laune!

SCHRITT 4: ALLES MISCHEN!

Wie möchtest du deine kleine Qualle zu Ende malen? Was fällt dir noch ein?

Ich nehme noch einmal den schwarzen Stift zur Hand und lasse ein paar Blubberblasen um Gibberli herumtanzen.

Dann ist sie auch schon fertig!

Ich bin gespannt, welche Witze sie dir erzählt!

DER SINGENDE ELEFANT TROMPETIKUS

Schon als er noch ganz klein war, wusste der Elefant Trompetikus, dass er unbedingt einmal Sänger werden wollte. »Ich möchte singen«, sagte er stets zu all seinen Freunden. »Ich möchte die Welt bunter machen mit meinem Gesang. Ich möchte für den Frieden singen. Alle, die mich hören, sollen sich wunderbar fühlen und ganz still und friedvoll werden. Was wäre das für eine Welt, wenn Musik den Frieden bringen könnte!«

»So ein Quatsch«, entgegneten ihm die anderen. »Elefanten können gar nicht singen! Sie können vielleicht mit ihrem Rüssel ein bisschen trompeten – aber selbst das klingt krumm und schief und überhaupt nicht schön!«

Der kleine Elefant Trompetikus wurde immer ein wenig traurig, wenn er solche Antworten hörte. So sang er stets nur heimlich für sich, wenn ihn niemand belauschte. Doch tief im Inneren wusste

er, dass er Recht hatte und seine Musik die Welt ein bisschen besser machen konnte.

Eines Tages wurden im Dorf des kleinen Elefanten alle von fürchterlichem Lärm geweckt. Zwei große Elefanten standen am Ufer des Dorfsees und stritten laut und heftig miteinander. Die anderen versuchten, sie auseinanderzubringen, doch der Streit wurde nur noch schlimmer. Nichts schien die beiden Streithähne zu beruhigen. Alle waren ganz aufgeregt.

Da hörten sie auf einmal etwas Wunderbares: Hinter einem Busch erklang Musik. Es war ein himmlischer Gesang, wie ihn die Tiere noch nie zu vor vernommen hatten. Trompetikus stand dort, hatte die Augen geschlossen und sang.

Einige standen einfach nur da und lächelten, andere umarmten einander. Manche hatten sogar Tränen der Rührung in den Augen. Die Musik war so liebevoll und friedlich, dass die Welt stillzustehen schien.

Und plötzlich bemerkten auch die beiden streitenden Elefanten den Gesang: Sie ließen voneinander ab und wurden ganz still. Dann blickten sie sich in die Augen und sahen einander lange an. Sie streckten einander die Rüssel zu, berührten sich sanft und lächelten. Der Streit war vergessen, als hätte es ihn nie gegeben.

Trompetikus hatte ihnen mit seiner Musik den Frieden gebracht. Seit diesem Tag behauptet niemand mehr im Dorf, dass Elefanten nicht singen könnten. Wie gut, dass Trompetikus immer an seinen Traum geglaubt und nicht aufgegeben hat!

Glaube auch du an deine Träume: Denn jeder von uns kann die Welt ein wenig bunter machen.

Auch wir treiben es jetzt bunt: Lass uns gemeinsam den kleinen Elefanten aufs Papier zaubern!

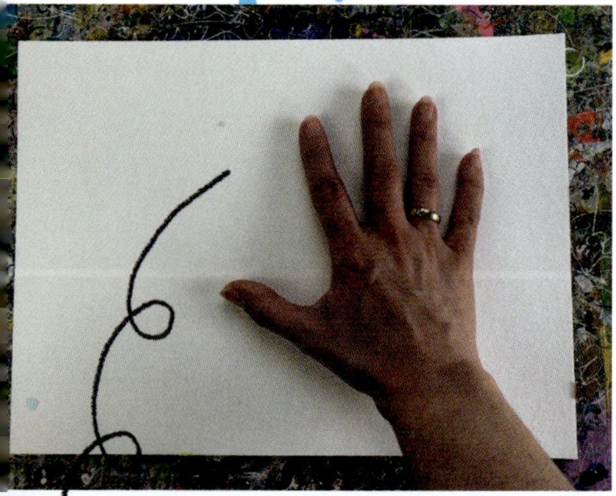

DIE VORZEICHNUNG

Wieder beginnen wir mit einer leichten Hand-Zeichnung. Lege deine Hand am besten etwas nach links oder rechts gerückt aufs Papier. So haben wir daneben später noch Platz für einen langen Rüssel.

Die Finger kannst du wieder ein bisschen spreizen: Das werden die Beine unseres Elefanten.

Zeichne mit dem Bleistift um die ganze Hand herum:

Wenn du fertig bist, drehe das Bild um, sodass die Fingerspitzen nach unten zeigen:

Und jetzt lassen wir einen Elefanten erscheinen: Verlängere den Daumen deiner Hand einfach zu einem langen Rüssel!

Ich schummle noch ein wenig bei meinem kleinen Finger und mache ihn mit dem Bleistift so lang wie die anderen Finger. Sonst hat der Elefant so ein kurzes Bein.

Dann kommen noch ein paar kleine Dinge hinzu: Auge, Mund, Ohr, Schwänzchen und Zehen.

Aus dem Rüssel lasse ich ein paar Herzchen fliegen und setze den Elefanten auf den Boden, indem ich hinter ihm eine Linie quer über das Blatt ziehe:

Wundervoll! Unsere Zeichnung ist fertig!

Hast du Lust auf Farbe? Ich auch!

SCHRITT 1: AQUARELLFARBEN ODER WASSERFARBEN

Wie möchtest du deinen Elefanten ausmalen?

Ich nehme Blau und Lila. Was magst du heute am liebsten?

Lass die Farben zwischendurch wieder gut trocknen!

Dann können wir noch einmal mit den Farben spielen. Ich habe Lust auf ein kleines Kreise-Muster. Und du?

Und noch ein bisschen mehr Farbe! Das macht so viel Spaß!

Dann lassen wir alles wieder gut trocknen!

SCHRITT 2: FINELINER

Mit den Finelinern geht es weiter.

Der schwarze Stift flitzt über das Papier, umkringelt das Auge, zieht den Mund nach und fährt an den Rändern unseres Elefanten mit viel Spaß entlang!

Schau nur, wie sich unser Trompetikus verwandelt hat!

Dann darf der weiße Stift spielen! Auch darüber freut sich unser kleiner Elefant sehr, denn dabei entstehen viele schöne Muster.

Ich kann Trompetikus schon singen hören! Du auch?

Damit er dabei so richtig strahlt, nehmen wir jetzt noch die Farbstifte dazu!

SCHRITT 3: FARBSTIFTE

Was für ein Spaß! So viele kleine Punkte wandern ins Bild!

Ich nehme Rot, Lila, Grün und Gelb und bin sehr gespannt, für welche Farben du dich entscheidest!

Schon sieht unser Trompetikus fertig aus. Aber ein bisschen was darf im vierten Schritt noch dazukommen.

SCHRITT 4: ALLES MISCHEN!

Jetzt darfst du noch einmal alles mischen! Worauf hast du Lust? Aquarell- oder Wasserfarben? Fineliner? Farbstifte?

Ich nehme noch einmal die Aquarellfarben her. Damit male ich dem Elefanten eine grüne Wiese unter die Füße:

Jetzt kann Trompetikus fröhlich herumlaufen und singen. Ich bin gespannt, wie du deinen Elefanten zu Ende malst!

DAS FRAGENDE HUHN HUHUWERBISTDENNDU

Das Huhn Huhuwerbistdenndu war ein besonders neugieriges Huhn. Es lebte zusammen mit vielen anderen Hühnern und einem stolzen Hahn auf einem großen Bauernhof.

Ständig ging es herum und fragte jeden: »Huhu, wer bist denn du?« Es löcherte alle Hühner mit unzähligen Fragen. Es wollte wissen, wer welchen Namen trug, wer wie alt war oder wer was am liebsten machte. Während die anderen Hühner einfach auf der Wiese scharrten und nach Würmern pickten oder entspannt in der Sonne saßen, ging Huhuwerbistdenndu stets energisch herum und fragte und fragte.

Einige Hühner verdrehten schon genervt die Augen, wenn Huhuwerbistdenndu näher kam. »Du schon wieder!«, sagten sie dann, »du mit deinen vielen Fragen! Warum willst du das denn alles wissen? Es ist doch egal, wer wie heißt und wer was macht. Huhn ist Huhn und basta!«

»Mich interessiert es eben«, antwortete Huhuwerbistdenndu. »Ich bin einfach neugierig.«

Eines Abends zählte der Hahn wie immer seine Hennen durch. Erschrocken stellte er fest, dass eines fehlte! »Ohje-ohje!«, jammerte der Hahn. »Ohje-ohje!«, jammerten die Hühner. »Wie sollen wir unsere fehlende Freundin bloß finden?«, fragte ein Huhn. »Wir wissen ja noch nicht einmal, wie sie heißt!«

Da trat Huhuwerbistdenndu aufgeregt hervor: »Ich weiß es! Unsere vermisste Freundin heißt Helga. Sie hat mir erzählt, dass sie gerne in unserem Wäldchen spazieren geht und vor allem gerne schwimmt. Vielleicht können wir sie am Bach suchen?«

So ging Huhuwerbistdenndu mit einigen anderen Hühnern und dem Hahn durch das Wäldchen zum Bach. Dabei riefen sie laut nach Helga – und tatsächlich antwortete sie schließlich mit lautem Gackern und wurde von der Suchtruppe gefunden.

Sie erzählte, wie sie sich im Wald verlaufen und nicht mehr zurückgefunden hatte. »Zum Glück hat mich Huhuwerbistdenndu so vieles gefragt. Sonst hättet ihr mich bestimmt nicht so schnell gefunden. Ich bin so erleichtert.«

Alle freuten sich, dass die Hühnergruppe wieder vollständig und Helga wieder bei ihnen war. Am allermeisten aber freute sich Huhuwerbistdenndu.

Seitdem darf unser neugieriges Huhn so viele Fragen stellen, wie es mag. Denn es ist immer gut, etwas von seinen Freunden zu wissen.

Was weißt du alles über deine Freunde?

Huhuwerbistdenndu ist nicht nur neugierig, sondern auch ganz leicht zu malen.

Magst du es mit mir ausprobieren? Dann los!

DIE VORZEICHNUNG

Wieder beginnen wir ganz einfach mit der Hand auf dem Papier und einem Bleistift.

Spreize die Finger etwas und fahre mit dem Stift um deine Hand herum:

Aus der gezeichneten Hand ...

... wird – schwupps – ein Huhn!

Aus dem Daumen wird der Kopf: ein Schnabel dran, ein Hühnerkamm, ein kleines Auge: Schon hat sich deine Hand in ein neugieriges Hühnchen verwandelt.

Jetzt zeichnen wir ihm schnell noch Beine – und auch ein Blümchen darf noch Platz finden.

Dann kann es mit den Farben losgehen!

SCHRITT 1: AQUARELLFARBEN ODER WASSERFARBEN

Lass uns das Huhn bunt anmalen! Welche Farben möchtest du nehmen?

Ich beginne mit einem Blauton! Und du?

Dann kommen weitere Farben dazu: Lila, Rosa, Rot und Hellbraun. Ich bin gespannt, welche Farben du auswählst.

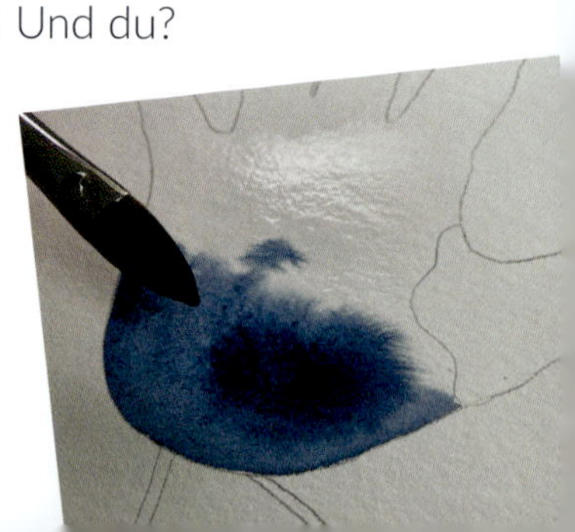

Lass alle Farben dann erst wieder gut trocknen!

Und wenn du magst, dann lass uns doch noch einmal Farben über Farben legen!

Wenn alles gut getrocknet ist, freuen sich die Fineliner auf ihren Einsatz.

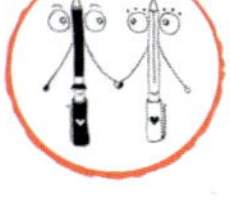

SCHRITT 2: FINELINER

Der schwarze Stift umkringelt das Huhn und lässt ein paar Pünktchen in den Farben da. Auch Auge und Schnabel werden jetzt deutlicher!

So sieht Huhuwerbistdenndu schon richtig neugierig aus, oder?

Natürlich darf auch der weiße Stift noch unser Huhn verzieren. Merkst du, wie viel Freude das macht?

In den Flügeln haben sich nun sogar ein paar kleine Sternchen eingefunden, siehst du sie?

Dann freut sich Huhuwerbistdenndu schon auf den nächsten Schritt: die Farbstifte.

SCHRITT 3: FARBSTIFTE

Mit Lila, Rot und Grün male ich noch einige Flächen bunt an. Auch ein paar Punkte dürfen wieder ins Bild hüpfen!

Schau nur, wie sich unser Huhn verwandelt hat!

Und jetzt? Na klar: Alles mischen!

SCHRITT 4: ALLES MISCHEN!

Schau dir dein Hühnchen noch einmal an: Was möchtest du verändern? Wie magst du das Bild fertig malen? Bringe noch einmal alle Farben und Stifte ins Bild, die du magst!

Huhuwerbistdenndu wird bei mir ein bisschen mit schwarzem Fineliner geschmückt. Dann lasse ich ein paar Fineliner-Schmetterlinge und bunte Aquarell-Farbkleckse um das Huhn herumfliegen. So gefällt es mir! Dir auch?

Ganz viel Freude wünschen ich dir beim Fertigmalen!

EINE HANDVOLL WEIHNACHTSMÄNNER

Mit deinen Händen kannst du dich fröhlich und bunt durch das ganze Jahr malen! Auch in der Adventszeit möchte ich gerne mit dir kreativ werden. Wie wäre es mit einer Handvoll Weihnachtsmänner? Du kannst dieses Bild auch wunderbar als Karte an jemanden verschenken!

Lass uns gleich wieder mit einer einfachen Vorzeichnung starten!

DIE VORZEICHNUNG

Dreimal darfst du raten, wie wir beginnen! Richtig! Lege wieder deine Hand aufs Papier und fahre mit dem Bleistift drumherum.

Ich lege die Hand an den unteren Papierrand, sodass nachher nicht die ganze Hand zu sehen ist. Du kannst aber auch die ganze Hand aufs Papier legen.

So sieht das nun bei mir aus:

Und wieder zaubern wir nun – ruckzuck! – etwas aus deiner Hand: dieses Mal fünf fröhliche Weihnachtsmänner!

Jeder Finger wird zu einem Weihnachtsmann. Erst zeichne ich bei jedem die Augen und eine dicke Knubbelnase ein.

In die Handfläche male ich einen Kreis – da können wir später etwas hineinschreiben, wenn du magst.

Dann machen wir die Weihnachtsmänner richtig weihnachtlich: Wie kleine Wolken entstehen lange Bärte, die Weihnachtsmänner beginnen zu lächeln – und natürlich bekommen sie auch eine hübsche Weihnachtsmütze.

Damit ist unsere Vorzeichnung auch schon fertig. Hurra, die Farben sind dran!

SCHRITT 1: AQUARELLFARBEN ODER WASSERFARBEN

Wie magst du deine Weihnachtsmänner bemalen?

Ich entscheide mich für Rot, Orange und Lila. Alles wird ineinandergemischt:

Die Knubbelnasen bekommen ein helles Rosa, und der Kreis auf der Handfläche wird gelb. Nimm gerne wieder genau die Farben, auf die du heute Lust hast!

Wie schön bunt unsere Handvoll Weihnachtsmänner schon ist!

Da macht es einen Riesenspaß, gleich mit den Finelinern weiterzumalen!

SCHRITT 2: FINELINER

Rundherum tanzt der schwarze Stift um die einzelnen Weihnachtsmänner. Er kritzelt lustige Linien hin und lässt Bärte mit kleinen Wellen und Punkten richtig kuschelig aussehen.

Endlich schauen uns die Weihnachtsmänner auch fröhlich entgegen!

Das bringt einen doch sofort in Weihnachtslaune, oder? Lass uns gleich mit dem weißen Stift weitermachen!

Der weiße Stift zaubert fröhliche Muster in die Kleider der Weihnachtsmänner.

Die kleinen weißen Kringel laden dazu ein, sie mit Farbstiften weiter auszumalen!

SCHRITT 3: FARBSTIFTE

Ein grünblauer und ein hellrosa Stift verschönern die Kringel auf den Weihnachtsmännern. Magst du gleich mitmalen? Wo dürfen sich die Farbstifte bei dir austoben?

Ein paar Punkte hüpfen nun auch um die Weihnachtsmänner herum.

Wie könnte es nun weitergehen? Lass uns noch einmal alles mischen!

SCHRITT 4: ALLES MISCHEN!

Im vierten und letzten Schritt kannst du wieder entscheiden, womit du noch einmal malen möchtest: Sind es vielleicht Aquarellfarben, Farbstifte – oder doch die Fineliner?

Ich nehme noch einmal den schwarzen Fineliner zur Hand. »Frohe Weihnachten« schreibe ich in unseren gelben Kreis.

Vielleicht magst du auch hineinschreiben oder -malen?

Noch ein Kringelchen hier und ein paar Pünktchen da, die um unsere Hand herumfliegen dürfen, dann ist es fertig, unser Weihnachtsbild!

Vielleicht möchtest du es jemandem schenken? Er oder sie wird sich bestimmt riesig darüber freuen!

Ein Handspiel selber machen

Mit deinen Händen kannst du nicht nur tolle Bilder malen, sondern auch ein eigenes Spiel ganz einfach selber machen. Hast du Lust? Dann lass uns gleich beginnen!

Wir malen zuerst unsere Spielhände, dann erkläre ich dir die Regeln. Du kannst das Spiel zu zweit oder mit beliebig vielen weiteren Personen spielen. Und jetzt viel Freude beim Gestalten!

DIE VORZEICHNUNG

Für jeden Spieler brauchst du eine Spielhand. Du kannst nur eine Hand malen und später einfach kopieren – oder du malst für jeden Spieler eine eigene Hand.

Die Vorzeichnung wird wieder ganz einfach: Lege deine Hand aufs Papier und zeichne mit dem Bleistift drumherum:

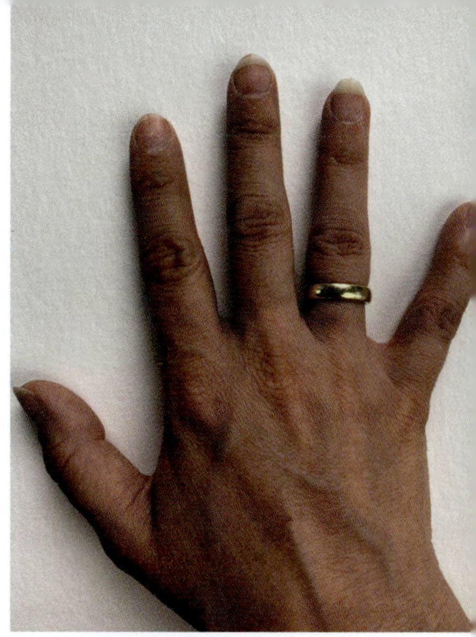

Unterteile deine gezeichnete Hand dann mit dem Bleistift in einzelne Spielfelder. In jedes Spielfeld zeichnest du einen kleinen Kreis:

Du kannst so viele Spielfelder einzeichnen, wie du magst.

Wenn du verschiedene Spielhände für mehrere Spieler gestaltest, achte darauf, bei jedem gleich viele Spielfelder einzuzeichnen.

Dann können wir unsere Spielhand auch schon anmalen.

SCHRITT 1: AQUARELL-FARBEN ODER WASSERFARBEN

Male jedes Spielfeld in einer beliebigen Farbe aus. Du kannst jede Farbe einmal oder auch mehrmals verwenden. Lasse die kleinen Kreise frei.

Dann geht es mit den Finelinern weiter.

SCHRITT 2: FINELINER

Mit dem schwarzen Stift kannst du deine Hand noch einmal fröhlich umkritzeln und die einzelnen Spielfelder etwas deutlicher herausarbeiten:

Vielleicht darf auch dein weißer Stift noch ein bisschen kritzeln?

Ich habe Lust, die Spielhand noch mit Farbstiften zu verzieren. Magst du mitmachen?

SCHRITT 3: FARBSTIFTE

Mit ein paar Farbstifte-Punkten sehen die einzelnen Spielfelder gleich noch lustiger aus!

Und jetzt malen wir deine Hand so fertig, dass sie bespielt werden kann!

SCHRITT 4: ALLES MISCHEN!

Ich nehme noch einmal den schwarzen Stift zur Hand. Jetzt sind die kleinen Kreise dran, die wir in jedem Spielfeld freigelassen haben: Male verschiedene Würfelzahlen hinein. Du kannst die Würfelzahlen 1 bis 6 beliebig auf die Spielfelder verteilen. Die Zahlen dürfen sich auch beliebig oft wiederholen.

Wenn du mehrere Spielhände für mehrere Spieler gestaltest, kannst du die Würfelzahlen auf jeder Spielhand unterschiedlich verteilen. Sie müssen nicht gleich sein.

Hurra, unsere Spielhand ist fertig!

Jetzt erkläre ich dir, wie unser Spiel funktioniert. Und dann kannst du auch schon losspielen!

HANDSPIEL: SO GEHT'S

Für das Handspiel brauchst du:

1 Spielhand pro Spieler (einzeln gemalt oder einmal gemalt und beliebig oft kopiert)
1 Würfel
Kleine Spielsteine oder Spielfiguren zum Abdecken der einzelnen Spielfelder
2 bis beliebig viele Spieler

Anleitung

Wählt aus, wer beginnt. Der Spieler, der dran ist, würfelt einmal. Die Augenzahl, die er würfelt, sucht er auf seiner Spielhand und darf sie mit einem Spielstein abdecken.

Dann ist der nächste Spieler an der Reihe. Auch er würfelt und darf die gewürfelte Augenzahl auf seiner Spielhand abdecken.

Spielt immer reihum.

Würfelt ein Spieler eine Augenzahl, die er auf keinem offenen Spielfeld mehr abdecken kann, geschieht einfach nichts, und der nächste Spieler ist wieder an der Reihe.

Gewonnen hat, wem es als Erster oder Erstem gelingt, durch Würfeln alle Spielfelder auf seiner Spielhand abzudecken.

Viel Spaß beim Spielen und viel Glück beim Würfeln!

Liebe kleine Künstlerin, lieber kleiner Künstler,

ich hoffe, du hattest ganz viel Spaß mit diesem bunten Buch!

Sicher hast du noch viel mehr Ideen, was du aus deinen Händen alles zaubern kannst. Ich freue mich, wenn du dieses Buch um deine ganz eigenen Ideen erweiterst und deine ganz eigenen Bilder dazu malst.

Deine Hände sind kleine Zauberwerkzeuge, die du in alles verwandeln kannst, was du magst!

Und wenn du magst, schau mit deinen Eltern, Großeltern, Lehrern oder Freunden gerne auch einmal auf meiner ***Happy-Kids***-Seite im Internet vorbei. Dort findest du weitere Infos rund um dieses Buch und bunte Mal-Ideen.

www.happypainting.club/happy-kids

Ich freue mich auf dich!

Alles Liebe zu dir,

Deine Clarissa

WEITERE BÜCHER FÜR GROSS UND KLEIN AUS DER *HAPPY-PAINTING!*-SERIE:

HAPPY PAINTING! DAS GRUNDLAGENBUCH

Jeder kann malen – auch du!

HAPPY SPRING

Male dich fröhlich durch den Frühling!

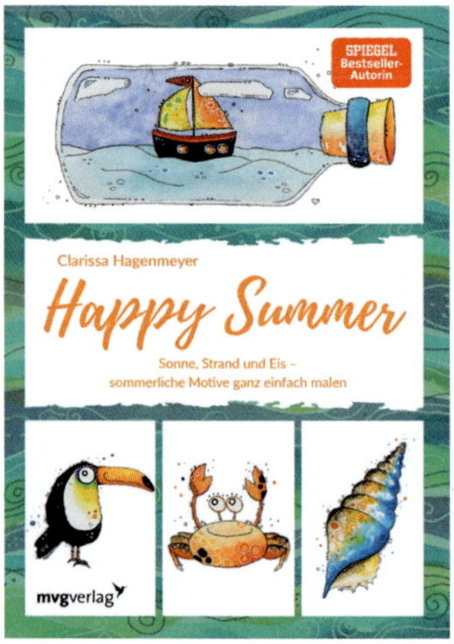

HAPPY SUMMER

Der Sommer darf bunt werden!

HAPPY HERBST

Male dich durch den wunderschönen Herbst!

HAPPY CHRISTMAS

Das ***Happy-Painting!***-Weihnachtsbuch

HAPPY LOVE

Das ***Happy-Painting!***-Buch rund um die Liebe

ÜBER DIE AUTORIN

Clarissa Hagenmeyer ist Kreativcoach, Künstlerin, Autorin und Designerin.

Sie verbindet Menschen in Onlinekursen und Workshops wieder mit ihrer ureigenen Kreativität und zeigt ihnen eine freie, einfache Herangehensweise ans Malen auf.

Ihre eigens entwickelte ***Happy Painting!***-Methode hat bereits Tausende Menschen begeistert und wird mittlerweile auch über Lizenzpartner in Malschulen unterrichtet.

Es ist Clarissa ein Herzensanliegen, die Welt bunter und fröhlicher zu machen und über den kreativen Weg Liebe, Lebensfreude und Leichtigkeit zu verbreiten.

Clarissa lebt mit ihrem Mann und zwei Kindern bei Heilbronn. Neben dem Malen liebt sie das Reisen, das Musikmachen und natürlich das Schreiben. Hunden, Büchern und Kaffee ist sie hoffnungslos verfallen.

Mehr über Clarissa auf www.clarissa-hagenmeyer.de.

Zum Schluss noch ein Witz für dich, den mir unsere Qualle Glibberli erzählt hat:

Ein Elefant und eine Maus gehen zusammen ins Schwimmbad.

Da sagt der Elefant erschrocken: »Oh nein, ich habe meine Badehose daheim vergessen!«
»Das macht doch nichts«, antwortet die Maus, »ich habe zwei dabei.«

Bibliografische Information der Deutschen Nationalbibliothek
Die Deutsche Nationalbibliothek verzeichnet diese Publikation in der Deutschen Nationalbibliografie.
Detaillierte bibliografische Daten sind im Internet über http://d-nb.de abrufbar.

Für Fragen und Anregungen
info@mvg-verlag.de

Originalausgabe
1. Auflage 2021

Türkenstraße 89
80799 München
Tel.: 089 651285-0
Fax: 089 652096

Redaktion: Helene Weinold
Umschlaggestaltung: Catharina Aydemir
Umschlagabbildung und Abbildungen im Innenteil: Clarissa Hagenmeyer
Layout: Christine Rechl
Satz: Satzwerk Huber, Germering
Druck: Florjancic Tisk d.o.o., Slowenien
Printed in the EU

ISBN Print 978-3-7474-0373-0

Wir produzieren nachhaltig
www.mvg-verlag.de

Weitere Informationen zum Verlag finden Sie unter

www.mvg-verlag.de

Beachten Sie auch unsere weiteren Verlage unter www.m-vg.de